metaformose

Paulo Leminski

metaformose
uma viagem pelo imaginário grego

Apresentação
Alice Ruiz S

Introdução
Eduardo Jorge de Oliveira

ILUMINURAS

Copyright © herdeiros de Paulo Leminski
Alice Ruiz S, Áurea Alice Leminski e Estrela Ruiz Leminski

Copyright © desta edição
Editora Iluminuras Ltda.

Capa
Eder Cardoso / Iluminuras
sobre gravura de vaso grego por Dugald Sutherland MacColl, 1894 [22 cm],
abaixo detalhe de um vaso grego do século IV a.C.

Revisão
Daniel Santos
Jane Pessoa

CIP-BRASIL. CATALOGAÇÃO-NA-FONTE
SINDICATO NACIONAL DOS EDITORES DE LIVROS, RJ

L571m
2. ed.

Leminski, Paulo, 1944-1989
    Metaformose : uma viagem pelo imaginário grego / Paulo Leminski ; apresentação Alice Ruiz S; - 2 edição. - São Paulo : Iluminuras, 2024.

    ISBN 978-65-5519-230-8

    1. Mitologia grega. I. Ruiz, Alice. II. Título.

24-91916.   CDD: 292.08
                                                        CDU: 2-264

Gabriela Faray Ferreira Lopes - Bibliotecária - CRB-7/6643

ILUMI//URAS
desde 1987
Rua Salvador Corrêa, 119 - 04109-070 - São Paulo/SP - Brasil
Tel./ Fax: 55 11 3031-6161
iluminuras@iluminuras.com.br
www.iluminuras.com.br

Índice

Águas para um olhar, 9
Alice Ruiz S

No carnaval das transformações: *metaformose*,
tudo vibra de tanto significar, 15
Eduardo Jorge de Oliveira

metaformose, 27

SEGUNDA PARTE

Quase ser é melhor que ser, 97

Nova corpora, mutatas formas, 129

O espírito leva a dizer das formas
mudadas em novos corpos, 130

Sobre o autor, 131

Águas para um olhar

Alice Ruiz S

Éramos muito solitários na Curitiba dos anos 70 e 80, no entanto nossa casa da Cruz do Pilarzinho era superpovoada. Conosco viviam Descartes, assombrando o *Catatau*, que lá do seu jeito era assombrado por James Joyce, Lewis Carroll, Ezra Pound.

Passavam por lá também os velhos mestres do haikai: Bashô, Buson, Shiki, Issa e Chyio-ni eram os mais assíduos.

Muitas vezes tivemos para o jantar a presença de Maiakovski, François Villon, Oswald de Andrade, Drumond, Camões, Emily Dickinson, enquanto para o almoço chegavam inopinadamente Trotski, Gandhi, Confúcio.

Claro que os vivos também vinham, embora não saibam disso, por isso deixemos assim.

Mas os deuses e heróis greco-latinos, estes nunca faltaram. Por meus estudos astrológicos, talvez, e a paixão de Paulo pelas ideias que eles representam, foram assíduos frequentadores de nossas conversas e divagações durante 20 anos.

Mais que um erudito, embora o fosse, o Paulo foi um pensador, um pesquisador das raízes do pensamento e do saber. Um cultor de signos, símbolos, logos, tipos e mitos. Onde estivesse a palavra, a ideia, o pensamento, estava a sua energia e atenção. Era assim que ele demonstrava o seu imenso amor à vida. Era assim que ele expressava esse amor.

Católico de formação, quase monge beneditino, pesquisava todas as demais formas de interpretar o universo: da intrincada mitologia hindu aos aforismos zen, passando pela mitologia greco-latina que guarda em si todos os arquétipos do comportamento humano. Daí essa metamorfose/metaformose que aponta para a transmutação da linguagem onde se anuncia/denuncia a transmutação da forma de pensar do ser humano.

Quando Heráclito disse que "os deuses são homens imortais e os homens, deuses mortais" remetia diretamente à analogia que cada mito/lenda tem com o procedimento e a motivações humanas, por mais absurdas que possam parecer algumas dessas personagens e sua história.

Por que Narciso é escolhido para contar essa história? Talvez porque, de todos os mitos, é onde o ego se faz mais autodestrutivamente presente, mostrando a presença do ensinamento zen na formação do autor.

Tudo se passa nas águas de Narciso, esta água onde tudo começa. Sob o olhar fatal de Narciso para si mesmo nas águas, passa a história do olhar de Teseu para o Minotauro que ele deve matar e em quem se reconhece; o olhar que Perseu não pode dar à Medusa, sob o risco de virar pedra; o olhar de Narciso para si mesmo e que por fim o matará. Narciso, que tudo vê, cego por seu ego, não ouve Eco. Nas águas de Narciso os olhos dos deuses que viraram lendas. Coisa boa de ser vista com esse sabor de *Catatau*. Lendas contadas na dicção catatauesca de Leminski. Por isso não confundir com Ovídio, não é metamorfose, é metaformose, a outra forma transformada por uma leitura. Uma interpretação "através das formas" numa linguagem que também mudou.

Como nas ondas das águas em que Narciso se olha, o texto se volta sobre si mesmo e volta transformado na próxima linha, num isomorfismo com as transformações da história grega, onde cada mito aponta para outro mito, ecos de si mesmo. Por isso esse sabor de *Catatau*.

Lá, um "cogito, *ergo sum*" aqui um "narro, logo existo". Lá, Occam dando loucura à linguagem, aqui, Eco, repetindo sua própria voz em outras palavras que viram outras histórias.

Nas águas de Narciso, revejo o olhar do Paulo se debruçando sobre esta história e vendo nela a sua própria, essa que ele deseja beber de um gole só, mas, água que é, escapa por entre seus dedos.

Mas isso já é uma outra história.

No carnaval das transformações: *metaformose*, tudo vibra de tanto significar[1]

Eduardo Jorge de Oliveira
Professor associado em arte e literatura
Instituto Suíço de Tecnologia, ETH

---

[1] Esta introdução foi escrita depois de algumas caminhadas pelo Pilarzinho no final de janeiro e nas vésperas do carnaval de 2024, quando estive como professor visitante na UFPR através do programa Capes-Print.

Os gregos parecem ter inventado todo o imaginável, escreve Leminski. E, de fato, os mitos apresentam encruzilhadas, limiares, plasticidades que estão sempre em movimento. *metaformose* é um passeio pelo imaginário grego, esse conjunto heterogêneo que soube se exilar, se disfarçar e assumir outras formas de sobrevivência através dos tempos. *Trickster* de todas as cronologias, esse imaginário viaja pelo mundo ocidental, desliza pela ciência, faz festa com outras mitologias, se reinventa e se traduz com uma maleabilidade invejável.

Leminski elabora uma narrativa em forma de cristal em que, dependendo da perspectiva, pode-se ter acesso a uma parte diferente de um todo. Nesse conjunto todo e fragmento se revezam, pois cada linha é uma porta de acesso diferente ao que se convencionou chamar de mitologia. Rigor e humor estão indistintos: "metamorfoses são coisas muito engraçadas". Com essa costura, o que Leminski consegue criar é um efeito de simultaneidade. Aqui tudo acontece ao mesmo tempo e ele dá conta de alinhar nessa sóbria vertigem uma atuação ininterrupta dos mitos.

É como se Ovídio, fonte primária do autor, tivesse coletado, compilado e montado a flutuação dos mitos sob as mais diversas fontes, numa "longa e intrincada tapeçaria"[2], como escreve o tradutor Rodrigo Tadeu Gonçalves, e Leminski tivesse transmutado os "quase 12 mil versos hexâmetros datílicos dividido em quinze livros"[3] em átomos que são distribuídos numa leve prosa selvagem. Finalmente essas invenções encontraram um solo fértil na imaginação tropical. Água, luz, pedra e, enfim, pó: a poeira do *epos* está espalhada por um texto que reflete a imagem do mito com outras variações, pois a leitura de Leminski é morfológica. Ela adentra nos mecanismos internos dos mitos na Grécia, na sua réplica latina e suas transformações que podem também ser compreendidas como exílios.

O mito é movimento. Ele é *sendo*. E encontra uma passagem para a linguagem onde seus códigos passam por gestos de contemplação, queda, esforço,

---

[2] Ovídio, *Metamorfoses*. Trad. Rodrigo Tadeu Gonçalves. São Paulo, Companhia das Letras/Penguin, 2023, p. 8.
[3] *Ibid*, p. 12.

sedução onde as substâncias estão em trânsito. "Dédalo construiu um perfeito simulacro de vaca. Pasífae entrou, o touro aproximou-se, e assim se consumou o coito maldito da rainha com a grande besta". Nada fica fixo numa mistura de deuses e humanos, onde seres híbridos, como o minotauro, são gerados e encontram nesse mundo uma arquitetura própria como o labirinto. Os mitos fazem com que tudo mude de cor. As águas com sangue e espumas, uma alma do tamanho da noite, e um refrão que vem de uma profecia: *feliz enquanto não enxergar a própria imagem.*

Narciso tem um protagonismo involuntário. Distraído consigo mesmo, não percebe tudo o que está a acontecer ao seu redor, e "tudo vibra de tanto significar": com os códigos latentes, a linguagem transporta esse conjunto de mitos de fábula em fábula, que navega na "saliva da fala"[4]. "A fábula é o desabrochar da estrutura, arquétipo em flor." Essa frase de Leminski poderia arrancar um sorriso de Claude Lévi-Strauss que diria em *Mito e significado* que "as histórias de caráter mitológico são, ou parecem ser, arbitrárias, sem significado, absurdas, mas apesar de tudo dir-se-ia que reaparecem um pouco

---

[4] Almeida Pereira. Edimilson. *A saliva da fala*: notas sobre a poética banto-católica no Brasil. São Paulo, Fósforo, 2023.

por toda a parte"[5], que, interrogando que significaria "significar" responde que é a possibilidade de qualquer informação ser traduzida numa linguagem diferente. Dir-se-ia hoje que, pelo viés da invenção literária, Leminski foi direto ao DNA do mito, que é, inclusive, o DNA do nada que é tudo como se pode ler no poema "Mensagem" de Fernando Pessoa. Nesse universo mitológico de um colorido variegado, eros é tecedor e tecedora. "Eros aproxima e mistura, simulacros e metáforas, mímica e espetáculos, quantos séculos levam meus ecos para atravessar o labirinto?" Se Narciso parece ser o *alter-eco* de Leminski, ele assume aqui o valor de um espectro, ponto de referência onde tudo acontece em volta. *tudo vibra de tanto significar.*

Narciso se contempla nas catástrofes das águas? Mas o mar "não serve para espelho". Seriamos, nós, os humanos, "apenas os órgãos sexuais das fábulas"? Seria a nossa carne o lugar erógeno onde os mitos copulam e dela as estórias ganham corpo, entortando e variando as estruturas do mundo? Feita a fábula, ela vai longe, pois Leminski acerta quando diz que "qualquer fábula vive mais que uma pirâmide do Egito." Incorporando Heródoto, Leminski que vaga e peregrina pelos mitos, sem sair do Pilarzinho, tece

---

[5] Lévi-Strauss, Claude. *Mito e significado*. Trad. António Marques Bessa. Lisboa, edições 70, 1987, p. 17.

este texto híbrido, sabendo ainda que "as fábulas não têm centro, elas se expandem em todas as direções, entrópicas, auto-proliferando-se, alimentando-se do cadáver putrefato das fábulas já esquecidas". Fábula é proliferação, é desejo de assimetria, sua matéria é seiva, saliva, sopro. Há sobretudo a leveza e o humor que restitui ao mito a leveza da fala solta, afinal, "metamorfoses são coisas muito engraçadas": "todo objeto de ouro pode ter sido um objeto comum transformado em ouro pelo toque de Midas. Toda estátua pode ser apenas alguém que passava e cruzou com a Medusa. Leminski é o Heródoto do Pilarzinho. Tudo se mistura com tudo. Mesmo Camões volta alterado: "transforma-se o amador na coisa amada, amar é ficar fora de si, por um tempo, e, depois, voltar, outro". Narciso se repete. Mas Leminski, banhado nas águas de Heráclito, se afasta de Narciso e busca perder o próprio rosto para prosseguir *fingindo* no "carnaval das transformações": "Quem me dera uma máscara para repousar meu rosto de todo esse vão mudar. Não se pense que vou ficar assim a vida toda. Um dia, eu mudo, vão ver."

A *fábula é o destino: não vá o céu cair*

A fábula é o destino, ela é a meta. Ela é uma forma de entrar e sair do tempo. Não deixa de ser impressionante uma canção como "Oração do tempo", de Caetano Veloso: "E quando eu tiver saído/ para fora do teu círculo/ Tempo, tempo, tempo, tempo/ Não serei, nem terás sido/ Tempo, tempo, tempo, tempo." A fábula encanta. Proliferante, tudo nela cabe, todos os tempos, todas as estórias, todos os mitos. Diante do mundo das técnicas, dos monoteísmos e da verdade que faz ambos convergirem, os deuses se exilaram. Na onomástica e na astrologia ou mais precisamente "o sistema onomástico da astronomia", mantêm-se o politeísmo grego, como observa Leminski. Constelações, estrelas e corpos celestes arquivam os sonhos e a imaginação da humanidade. Mas a forma humana tampouco sempre foi fixa. Nela as formas se transformam e as fábulas se espalham sem centro. E que o céu não caia, pois é lá também que se encontram outras fábulas tão indestrutíveis como as que foram inventadas e imaginadas na Grécia sobrevivem. *Metaformose*, nesse sentido, pode ser uma grande viagem por outras mitologias.

Leminski observa e se pergunta: "Quem pode nos garantir que os astecas, os maias, os incas, não viveriam imersos num imaginário tão ou mais opulento do que os gregos?" E acrescenta: "Os africanos da área ioruba, donde saiu o nosso candomblé, com seus orixás, viveram (e vivem) um imaginário riquíssimo." É por aqui que o texto permanece aberto sob a forma de um convite para outras colaborações, fabulações. Em *Metaformose* outros caminhos de leitura se abrem: não seria estranho que nesse céu tão estralado quanto politeísta que outros *epos* melem a saliva com estrelas. Dessa baba estelar outras épicas copulam formam fábulas. Sem centro também está a matéria de uma das poéticas cosmogônicas das antiguidades das Américas, o *Popol Vuh*, que combina a genealogia dos povos mesoamericanos. Nessas fábulas que avançam quando se recua no tempo, encontra-se a epopeia do *Gilgámesh*, poema registrado em acádio nas tabuinhas de argila. Como escreveu Guilherme Gontijo Flores na edição do poema traduzido direto do acádio por Jacyntho Lins Brandão, retraça-se "uma linha complexa de tradições, vozes, reescritas, traduções e invenções constantes". Essa plasticidade também circula em culturas afro e ameríndias com tantos outros povos e etnias no Brasil cuja grande contribuição também passa pela colheita dos frutos da imaginação. Veja-se ainda o *epos* xamânico do povo ianomâmi, *A queda do céu*, cuja prosa passa por um convite ao sonho e à dança como está fortemente figurado no livro de Bruce Albert e Davi Kopenawa publicado originalmente em francês em 2010 e que, no Brasil, encontrou sua primeira edição em 2015. Parece que os mitos se nutrem da saliva humana que ao contar e a cantar histórias mantém os deuses que, mesmo exilados, estão bem ativos no céu. Essas são apenas algumas possibilidades de conexão com o encantamento permanente, além de ser uma das formas de resistência ao que se poderia chamar, com Luiz Costa Lima, de "controle do imaginário". Derivando por esse caminho, *Metaformose* se encontra com a concepção do pensamento afro e ameríndio sobretudo aquela aberta por Eduardo Viveiros de Castro ao campo dos estudos literários que escreveu em *A inconstância da alma selvagem* que, "segundo a qual o mundo é habitado por diferentes espécies de sujeitos ou pessoas, humanas e não humanas, que o apreendem segundo pontos de vista distintos"[6]. Por essa multiplicidade, recalca-se tudo aquilo que cada mito nos lembra incessantemente, a saber, as nossas origens animais.

As múltiplas origens acenam para destinos diversos, sem centro, de onde a vida não cessa de brotar e

---

[6] Viveiros de Castro, Eduardo. *A inconstância da alma selvagem*. São Paulo: Cosac Naify, 2017, p. 301.

florescer. A partir da fábula imaginada por Leminski passamos a fabular: tudo cabe aqui nesse princípio que mantém o mito presente nas mais diversas artes verbais, no espírito da *confabulação*. Sérgio Medeiros e Gordon Brotherston também contribuíram para a circulação do *Popol Vuh* e ambos prepararam uma edição bilíngue quéchua-português para a Iluminuras. A partir da leitura desse poema verifica-se que um simples nome pode brilhar, fazendo bater o "coração do céu" (*u Kux Kah*). O mito tudo anima, são vozes que saem de vozes, fábulas de fábulas no movimento perpétuo. Em meio a poemas cosmogônicos, como o Gilgámesh, poema que também é uma lente para recuar ainda mais no tempo, no tempo dos tempos, no *in illo tempore*, pelo menos mais de vinte séculos antes de Cristo. Dividido em 12 tabuinhas de argila, o poema é de uma beleza que encantaria Leminski. Na tabuinha 1, por exemplo, nos sonhos de Gilgámesh lê-se a beleza pendular: "apareceram-me estrelas no céu". Os sonhos têm um papel fundamental no poema em questão, é por eles que Gilgámesh e seu fiel amigo Enkídu se orientam. Os mitos não excluem a oniromancia, astromancia ou astronomia, para mencionar apenas algumas formas de orientação assírio-babilônica que encontrara uma circulação oracular transformada pelos gregos. Esse extracampo que abarca essas epopeias brevemente mencionadas como as do *Popol Vuh* e de Gilgámesh, mostra o quão rico é *Metaformose*, que abre esse imaginário apresentado pelo autor a uma morfologia inventiva.

Nova corpora, mutatas formas. Leminski termina o livro com traduções do primeiro canto das *Metamorfoses*, de Ovídio. Na já citada tradução de Ovídio lê-se: "Formas o espírito impele que eu conte, mudadas, em novos/ corpos: deuses, as bases (pois vós também as mudastes)" (...) (2023: 33). Leminski traduz o verso sob a forma de uma costura não apenas entre corpo e espírito, mas da matéria onde substância, essência e forma estão postas juntas numa *bricolagem*: "o espírito leva a dizer das formas mudadas em novos corpos". O poeta revisita tudo aquilo que foi imaginado e abre caminhos e alas para que continuemos esse percurso. É por essa viagem ao *imaginado* que Leminski põe tudo em devir, sem permitir que nada estacione, inclusive ele próprio e seus leitores. Suas questões que aparentam inocência permitem um mergulho na complexidade dos mitos de um modo claro, simples e fascinante.

metaformose

uma viagem pelo imaginário grego

```
materesmofo
temaserfomo
termosfameo
tremesfooma
metrofasemo
mortemesafo
amorfotemes
emarometesf
eramosfetem
fetomormesa
mesamorfeto
efatormesom
maefortosem
saotemorfem
termosefoma
faseortomem
motormefase
matermofeso
metaformose
```

NOTA DOS EDITORES

Este livro começou a ser escrito no final do ano de 1986, na Cruz do Pilarzinho, Curitiba, Paraná, e terminou no mesmo local em março de 1987. A princípio uma releitura ensaística das Metamorfoses *de Ovídio metamorfoseou-se em uma experiência criativa, na qual o autor se reflete no personagem, inserindo neste mito muito de sua viagem interior. Como a segunda parte resultou em um quase romance, pela linguagem e impacto ficcional, optamos por inverter a cronologia de sua feitura, deixando como segunda parte o suporte teórico, este também de impacto mas como leitura vertical. Um de seus livros póstumos,* **metaformose** *estava entre os papéis de Leminski, onde se encontram ainda diversos ensaios, contos, alguns poemas e uma novela, todos inéditos, que, em seu tempo certo, virão a público.*

Antes do Caos, da Terra, do Tártaro e de Eros, antes das potestades que pulsam nas Origens, tenebrosas potências do abismo primordial, antes que as dez mil válvulas abertas de Gaia parissem Gigantes, Titãs e Ciclopes, antes da guerra entre os monstros da noite e a lúcida força do dia, antes de tudo, filho de um rio e de uma ninfa da água, Narciso, o filho da Náiade, deitava de bruços e se olhava no trêmulo espelho da fonte, Narciso de olho em Narciso, beleza de olho em si mesma, cego, surdo e mudo aos apelos de Eco, a ninfa apaixonada, chamando Narciso, Narciso, a água da fonte repele o rosto de Narciso, reflexos de Narciso nos ecos da ninfa, água na água, como a luz na luz, luz dentro da água.

Esta lenda é a pedra de Sísifo, a pedra que Sísifo rola até o alto da montanha, e a pedra volta, sempre volta, penas de Hércules, trabalhos de Dédalo, labirintos, lembra que és pedra, Sísifo, e toda pedra em pó vai se transformar, e sobre esse pó, muitas lendas se edificarão.

E sobre Narciso, a profecia do feiticeiro Tirésias, *será feliz enquanto não enxergar a própria imagem*, a voz de Eco entre as árvores, o rosto de Narciso sobre a faca das águas.

O olhar de Narciso cai na água como Ícaro das alturas, e Ícaro cai na água, um ruído de púrpura que se rasga, Poseidon!, e afunda num coral de sereias.

Instante antes Ícaro voava, ao lado do pai, duas gaivotas sobre o Egeu, voava com as asas de cera criadas por Dédalo, o arquiteto do labirinto, o inventor de autômatos, o pai das coisas novas.

Voavam, pai e filho, fugindo de Creta, da ira do rei que os tinha aprisionado no labirinto construí-do por Dédalo.

Minos havia descoberto, seu arquiteto, o artesão incomparável, era cúmplice nos amores monstruosos da rainha Pasífae e do touro branco que Poseidon, senhor dos oceanos, tinha feito sair das ondas do mar. E foi que a rainha Pasífae ardeu de paixão pelo touro branco e quis ser penetrada por ele. Dédalo construiu um perfeito simulacro de vaca. Pasífae entrou, o touro aproximou-se, e assim se consumou o coito maldito da rainha e da grande besta.

Desta monstruosidade, nasceu o Minotauro, o híbrido com corpo de homem e cabeça de touro, em volta do qual Dédalo construiu o labirinto, a casa monstruosa para um ser monstruoso.

O olhar de Narciso volta, tonto de tanta beleza, pedra de Sísifo, queda de Ícaro, e torna a cair na água, rodas gerando rodas.

A água começa a ficar vermelha, sangue na água, sangue de Ícaro, sangue do Céu, Urano, filho da Terra, irmão dos Ciclopes, Urano, castrado por Cronos, o Tempo, seu filho, o Céu castrado pelo Tempo, os livres movimentos dos astros medidos por ampulhetas e clepsidras, o parricídio primordial, crepúsculo dos deuses.

Na água, agora sangue, boiam o pênis e os testículos de Urano, cortados pela foice que Titeia, a Terra, deu ao filho Cronos para mutilar o pai.

Destes testículos cortados, ela nasceu, Afrodite, saída das espumas do mar, a beleza, o gozo, a paixão, a delícia, Eco que chama Narciso, Narciso, Pasífae transpassada pelo touro, Narciso apaixonado por Narciso, *feliz enquanto não enxergar a sua imagem.*

Agora o olhar de Narciso vê Teseu, é Teseu, o herói sedento de sangue, que entra no labirinto, a espada de bronze numa mão, na outra, o fio de Ariadne, a linha que serve de guia entre os indeslindáveis meandros da construção que o engenho de Dédalo enrolou e desenrolou. Mil olhos acesos, Teseu avança labirinto a dentro, a curta espada de bronze micênico na mão direita, vibrando como um pênis, enovelando no braço esquerdo o fio da princesa Ariadne, cada vez mais dentro, a treva mais espessa, o cheiro de esterco cada vez mais forte, Teseu avança em direção ao centro do seu coração, numa encruzilhada de caminhos, o herói hesita, então ouve o mais espantoso berro que orelhas humanas já escutaram.

Narciso tapa os ouvidos, e deixa o olhar flutuar sobre as águas monótonas.

Tudo se cala. Narciso não ouve mais, nem o mugido do minotauro, nem os ecos da ninfa, Narciso, Narciso, Narciso, minotauro, minos, touro.

Teseu avança, coração sem medo, e a voz da ninfa Eco se repete entre as esquinas do labirinto, espatifando-se contra o mugido do Minotauro.

O herói dá um passo e se põe diante do monstro, em posição de combate.

Teseu olha, então, olha pela primeira vez, e o vê. E não acredita. O Minotauro tem sua cara. Teseu e o Minotauro são uma pessoa só.

Mal tem tempo de saltar de lado, quando a fera investe.

O Minotauro encosta-se na parede e atira-se sobre Teseu.

A espada afunda na garganta, o sangue jorra, o monstro vacila e desaba aos pés do herói.

Teseu levanta a espada, e a mergulha no coração do senhor do labirinto.

Ao morrer, o Minotauro chora como uma criança, por fim se enrosca como um feto, e se aquieta no definitivo da morte.

Teseu limpa a espada no manto e sai, com uma morte na alma do tamanho da noite.

No espelho das águas, Narciso a reconhece, a dos cabelos de serpente, Medusa, a que transforma em pedra todo aquele que a fitar. Olho na água, Narciso não corre perigo, e a Medusa passa, armada da força de ver e ser vista. A próxima vez, quem sabe.

Começa a fazer frio, o vento do entardecer vai apagando a luz do dia, as sombras saem debaixo das folhas, das pedras, do coração do mato.

O rosto de Narciso vai escurecendo na água, onde logo brilham estrelas.

Ao longe, a voz de Eco, Narciso, Narciso, repete como se sangrasse.

Na água, as estrelas, a Ursa Maior, os signos, as constelações, as luzes cegas onde o arbítrio dos homens julga ver formas, perfis, silhuetas, formas deste mundo projetadas no azul-celeste onde o azul mais azul das estrelas lateja, os pontos onde o azul do céu dói mais.

Aquário, o aguadeiro, Ganimedes, o amado de Júpiter, o signo dos videntes e visionários, o signo de Tirésias, *feliz enquanto não enxergar a própria imagem*. Ainda bem que Tirésias é cego.

Nadam dois peixes na água celestial, cada um para um lado. O Carneiro. Os Gêmeos. O Caranguejo. O Leão. A Virgem. A Balança. O Escorpião. O Centauro Flecheiro. A Cabra Marinha. E Aquário, o aguadeiro. E o círculo rodando uma história sem fim, o eterno retorno, o dia, a noite, a vida, o eco, os doze signos, os doze trabalhos do herói.

A tudo Narciso está alento, ao sonho que faz de uma cabeça e peitos de mulher, asas de pássaro e corpo de leão, uma esfinge e de um tronco de cavalo e um torso de homem, um centauro, o ser, esse sonho das metamorfoses.

Esta noite, nada permanece em seu ser, os seres padecem as dores do parto das mais improváveis alterações.

Não há ser, tudo é mudança, ecos, revérberos, câmbios perpétuos.

Tudo pode se transmutar em tudo.

Assim, sob a forma de um cisne, a ave de pênis grande, Zeus quis Leda, a princesa de belas coxas. Como chuva de ouro, choveu no colo de Dânae. Assumindo a forma do marido, deixou Alcmene prenhe de Hércules, o herói trabalhador, o deus que sofre, num mundo de monstros e prodígios.

Narciso começa a sofrer.

A pedra de Sísifo é a sede de Tântalo, a sede infinita da boca que nunca consegue tocar na água, e a pedra que sempre rola ao chegar ao alto da montanha, a eterna sede da imagem que nunca consegue senão se transformar em imagem.

Teseu, novo Minotauro, agora habita as profundezas do labirinto, entre muralhas micênicas e o cheiro de esterco, a fera sem deus, a fome é um deus, a sede é um deus.

A sombra da Medusa escorre pelas escadarias do palácio de Minos, em Cnossos, transformando todos os deuses em estátuas de pedra.

Em algum lugar da Ásia, a noite gera um novo Teseu.

Palavras da Pítia, *feliz enquanto não enxergar seu próprio rosto.*

Todo diverso em idêntico se converta, toda a diferença consigo mesma coincida.

Palavras da Pítia, palavra de Apolo, o arqueiro implacável, o que sabe de ontem, o que sabe de hoje, quem sabe de amanhã.

Amanhã, Narciso, é um outro dia. Todos os dias são assim, sagradas todas as árvores que o raio, fálus, de Zeus tocou.

Narciso de olho nas águas, passam as naves de Ulisses, com destino ao espanto, ao susto máximo, ao ceticismo, à apatia, à amnésia.

Quem duvida de tudo se chama cético. Como se chamam aqueles que acreditam em tudo? Aqueles que acreditam que tudo é possível? Que toda a fantasmagoria tem tanto direito a existir quanto a sólida certeza do gosto do pão e a indeterminada realidade da água que escorre no rosto dos sedentos quando chove?

Água, sangue, vinho: que deus escondeu na uva o vento louco da embriaguez?

Tudo no Caos, tudo na Terra, tudo no Tártaro, a tudo, Eros aproxima e mistura, simulacros e metáforas, mímica e espetáculos, quantos séculos levam meus ecos para atravessar o labirinto?

A razão, Atena, é apenas uma dor na cabeça de Zeus.

Como quando uma história tem dois finais, como quando uma história tem vários começos, como quando uma história conta uma outra história: fugindo de Minos e do labirinto, Dédalo, o artesão incomparável, o inventor dos inventores, foi dar às costas da Sicília, nas praias do rei Cócalo. Para Cócalo, o incomparável artesão arquitetou uma sala do trono onde se podia ver sem ser visto, ouvir sem ser ouvido e estar quando ausente. Minos, senhor do mar, veio reclamar seu prisioneiro. Temeroso, Cócalo lançou Dédalo num forno, onde morreu assado. Como conciliar este final com o voo de Dédalo e Ícaro, do labirinto para a liberdade? Ou Dédalo teria sido morto depois da queda de Ícaro? Ou o cisne que possuiu Leda era apenas a metáfora de uma nave de velas brancas, uma nave, uma ave? Ou a imagem de Narciso é o rosto de um transeunte estranho? Toda fonte é uma moça bonita que foi amada por um deus, que disse não a um rio, que fugiu de um sátiro, nada é real, nada é apenas isso, tudo é transformação, todo traçado de constelação é o pedaço de um esboço de um drama terrestre, tudo vibra de tanto significar. Que é uma esfinge, uma quimera, uma medusa, uma górgona, comparada com um pai que mata os filhos e serve sua carne ao Pai dos Deuses? Última água, esta fonte é tudo que restou do dilúvio. Fatos não se explicam com fatos, fatos se explicam com fábulas. A fábula é o desabrochar da estrutura, arquétipo em flor. Uns são transformados em flores, outros são transformados em pedra, outros ainda se transformam em estrelas e constelações. Nada com seu ser se conforma. Toda transformação exige uma explicação. O ser, sim, é inexplicável. Uns se transformam em feras, outros são mudados em lobos, em aves, em pombos, em árvore, em fonte. Só a ninfa Eco se transformou em sua própria voz. Em que língua falar com um eco? Uma uma língua língua lembra lembra uma uma lenda lenda, Narciso, Narciso Narciso. Que é um ciclope comparado com a história de um príncipe que matou o pai e casou com a própria mãe? Qual é o animal que, de manhã, anda de quatro patas, à tarde anda com duas e à noite anda com três? Consultem a Sibila, ouçam a pitonisa, leiam sinais nos céus, no movimento das águas, Narciso. O adivinho Tirésias tinha dito a Laio, rei de Tebas, vejo horrores, vejo trevas, terás um filho que vai te matar e casar com a rainha, sua mãe. Que horror a este horror se compara? Velho Tirésias cego, vítima e servidor de Apolo, deus luminoso, que dá o dom de adivinhação, senhor dos três tempos, deus que tudo vê, tudo acompanha, tudo sabe. Laio põe o menino Édipo dentro de uma caixa e a solta na correnteza do Nilo. A caixa com o menino vai dar numa praia, onde a encontra uma loba. Outros dizem pastores. Édipo o príncipe oculto, ignorante de sua origem, cresce, robusto, entre pastores. Um dia, decide ir a Tebas, a grande cidade, a cidade onde mora o grande rei. Édipo começa a realizar seu destino, o desejo da Moira, do fado, da fortuna, das potências cegas do acaso que tudo regem na terra e nos céus, na vida dos deuses e na vida dos homens, reflexo da ordem suprema. O rei Laio viajava incógnito pela estrada que sai de Tebas. Cruza com o pastor, desentende-se com ele, lutam, a juventude de Édipo prevalece, Édipo deixa para os abutres o cadáver do pai, a garganta aberta, por onde escorre sangue. A notícia chega rápido à cidade, a rainha Jocasta está viúva. Viajando incógnito, o rei foi morto por um desconhecido. A cidade está amaldiçoada. Na estrada que sai da cidade, um monstro, a Esfinge, cabeça e peitos de mulher, asas de pássaro, corpo e patas de leão, submete todos os passantes a uma pergunta, um enigma, *decifra-me ou te devoro*. Centenas de tebanos tinha devorado, ninguém mais se atrevia a sair da cidade. Édipo resolve enfrentar a Esfinge, o monstro interrogador, o monstro-pergunta, o proponente, o primeiro filósofo, o ser questionário.

Teseu diante do Minotauro. A Esfinge é um problema: da mulher, tem a malícia, a astúcia e o conhecimento da condição humana, das aves, de quem tem as asas, tem a liberdade de voar, superior ao chão e aos obstáculos, de leão, tem as patas, armadas de garras carniceiras, já que toda pergunta é uma espécie de ferocidade. Dos peitos de mulher, mana o leite que alimenta as almas dos espíritos fortes. Diante deste ser escandaloso, feito de partes incompatíveis, Édipo ouve a pergunta fatal, levanta o rosto e responde. A Esfinge, furiosa, atira-se no abismo. Há muitas maneiras de errar, só uma de acertar. Vitorioso, Édipo continua caminho em direção a Tebas, livre da Esfinge. Ao passar um rio, perde uma sandália, e entra em

Tebas com um pé descalço. Nesse meio-tempo, no palácio real, discute-se a sucessão de Laio. Chamado às pressas, o adivinho Tirésias, onde fala Apolo, se pronuncia. O novo rei é alguém que entrou na cidade hoje, calçando apenas uma sandália. Soldados interrogam a cidade, o homem de uma só sandália é descoberto e levado ao palácio real. Reconhecido por Tirésias, é aclamado novo rei, e casa-se com a rainha viúva, Jocasta. Sim, Narciso, esta fonte é tudo que restou das águas do dilúvio, daquela catástrofe de quando Zeus, furioso, determinou aniquilar em água todo o gênero humano. Águas, águas, águas, Narciso, narcisos, narcisos. Nas águas, vejo as núpcias de Édipo e Jocasta. Esfinge, Minotauro, Medusa, monstros da terra, da água e do ar, quando vistes abominação igual a esta? É realmente preciso imaginar o horror, até o limite do horror, imaginar livre além de toda a repugnância, permitir-se imaginar até as extremas fronteiras onde a imaginação, em delírio, reduz a realidade à pobreza de uma pedra? Sob as espécies da fábula, pensa-se o impensável, invade-se o proibido, viola-se o interdito, há uma lenda que diz, um dia, tudo vai ser dito. As histórias, sozinhas, se contam entre si. A fábula do Minotauro narra a saga de Perseu para um público de Medusas. Os homens são apenas os órgãos sexuais das fábulas. Qualquer fábula vive mais que uma pirâmide do Egito. Ouvir e contar histórias pode ser a razão de uma vida. Essa vida, talvez, um dia, alguém a conte. E quem conta um conto, sempre acrescenta um ponto, um detalhe novo, uma articulação imprevista, uma aproximação com outras fábulas. Por um momento... Não, não há lugar para sonhar com uma fábula que seja a soma de todas as fábulas, a Fábula total, a fábula universo. Fábulas são sábias. Não há nenhuma fábula sobre isso. Conta-me uma anedota, e dir-te-ei quem és. Tal homem, tal fábula.

Narro, logo existo. Houve um homem, de Halicarnasso, grego da Ásia, por nome Heródoto, que percorreu muitos países e visitou muitos povos, por amor às histórias que tinham para lhe contar. No Egito, procurou templos perdidos no coração do deserto para ouvir da boca de um sacerdote quase centenário a história de um rei, de um obelisco, de um ídolo ou de um nome. Era um louco, alguém que Zeus tinha atingido na cabeça com um relâmpago. Mas sagradas são as árvores que o relâmpago de Zeus tocou. Muitos anos, Heródoto vagou e peregrinou, subiu e desceu de navios, atravessou desertos e subiu montanhas, entrou em cidades e fugiu de aldeias em chamas. Soube de reis que mataram os filhos e cegaram o pai, de filhos que castraram o pai, de netos que mutilaram o avô, de princesas que foderam com cavalos e de exércitos que evaporaram na neblina da manhã. Durante muitos anos, Heródoto buscou, entre miríades de povos, uma fábula que, como o ímã, fosse o centro e a raiz de todas. Mas as fábulas não têm centro, elas se expandem em todas as direções, entrópicas, autoproliferando-se, alimentando-se do cadáver putrefato das fábulas já esquecidas. Um dia, Heródoto voltou, barbas brancas como a espuma das ondas do mar de Atenas. Não trazia a unidade, trazia a dispersão. Terminou seus dias escrevendo suas Histórias, que lia para o povo na ágora da cidade, História, histórias, verdades, imaginações, não se sabe, não importa, Naciso não sabe, Narciso não se importa. Ninguém pode matar a Medusa, quem pode se subtrair à força daquele olhar que transforma o contemplador em pedra? Como matar alguém que não se pode ver? Duas foram as armas de Perseu, filho da princesa Danae e de Zeus que sobre ela caiu como chuva de ouro, o deus cintilando como pétalas de uma flor de luz. Duas, as armas, a espada, o espelho, na espada, a força, no espelho, o estratagema. Espada numa mão, espelho na outra, lutando por não vê-la, Perseu transpassa a Medusa e, sem olhá-la, corta-lhe a cabeça, os cabelos de serpente. Que quer dizer essa história? Que é a Medusa? Qual é o significado último, abissal, primordial, da existência de uma mulher que transforma em pedra quem olhar para ela? Que ganham os povos cultivando fábulas desse tipo? Ou será que a fantasia se compraz em si mesma, no exercício intransitivo de seus próprios poderes de tornar o impossível, se não real, pelo menos, imaginável? A serviço de que estão esses poderes? De olho nas águas, Narciso vê a Medusa, fecha os olhos, e mergulha na noite onde as fábulas sonham fábulas, rainhas matam os reis, árvores correm ao vento, feiticeiras transformam marinheiros em porcos. Que mais existe senão afirmar a multiplicidade do real, a igual probabilidade dos eventos impossíveis, a eterna troca de tudo em tudo, a única realidade absoluta? Seres se traduzem, tudo pode ser metáfora de alguma outra coisa ou de coisa alguma, tudo irremediavelmente metamorfose. O raio quer dizer Zeus, os ventos têm nome, as estrelas desenham constelações: uma flor amarela é o olho de uma ninfa, a passagem entre duas montanhas é o lugar por onde um deus fugiu da ira do seu irmão. E o mundo presente, e a vida presente, mães, pais, filhos, banquetes, desejos, vinganças, só as fábulas dão um significado passageiro às fagulhas efêmeras do turbilhão dos eventos e das ocorrências. Por que foi sob a forma de chuva de ouro que Zeus seduziu Danae, para gerar Perseu? O lampejo do ouro traduz o brilho dos raios de Zeus? Ou o brilho do ouro já prefigura o brilho do espelho onde, um dia, Perseu verá a Medusa, antes de matá-la? A Medusa seria a imagem da mãe, o irremediável amor dos homens pelas mães, o olhar que congela todo homem na estátua líquida do seu destino? Os olhos da Medusa brilham como as gotas de uma chuva de ouro. Nos olhos azuis de Narciso, o azul da água se transforma em céu. Estrelas devoram o azul, formigas apagando uma pétala. Se tudo pode ser metáfora de qualquer coisa e qualquer coisa pode ser traduzida numa coisa qualquer, não há centro, o centro pode estar em qualquer parte, ao mesmo tempo, ou nunca estar em lugar algum. Numa cidade muito antiga, vivia uma história antiquíssima, a história de uma cidade que foi destruída pela beleza de uma mulher, Helena, mulher do rei Menelau. Naquele tempo, a beleza matava. A Medusa queria paralisar a história, a Medusa queria a pedra. Perseu queria mais, fazer a história, contar a história, ser contado pela história, este, um dos significados possíveis da fábula de Perseu e da Medusa, diz Tirésias a Heródoto, não me pergunte mais. Saber o futuro é meu castigo, saber o fim de todas as histórias, o encontro das histórias paralelas no esquecimento infinito. Cada cidade, suas histórias. Na Tebas da Esfinge, nunca ouviram falar do Minotauro, coisa de Atenas. Na Ilha de Delos, Apolo é filho de Zeus e uma ninfa. No Peloponeso, a história é diferente. Viajar é mergulhar no labirinto vertiginoso, lendas, cidades, variantes.

Para que serve um enredo? Para onde vai uma história? Donde vêm esses seres fluidos, essas máscaras que significam máscaras? Era uma vez. Assim seja. Estava escrito. Amém. O mito é fundado no rito, a palavra brota do gesto, ramos de loureiro do corpo de Dafne. A fábula já está na cerimônia, o mito celebra o rito. A Afrodite, sacrificam-se pombas. Ao Hades, um porco preto. A Hermes, uma aranha, um morcego, um formigueiro. Só a Zeus Todo-Poderoso sacrificam-se bois, cem bois, a Hecatombe. Cada cidade, seus ritos. Em Éfeso, consagra-se a Artemis a virgindade das meninas. Em Atenas, uma festa anual celebra a vitória de Teseu sobre o Minotauro. E, em Atenas, há gente que sabe dizer o exato lugar onde Heródoto lia, toda a tarde, suas Histórias, foi aqui, bem aqui, a fábula do contador de fábulas, o da vida mais fabulosa que todas as histórias. Fonte que resta das águas do dilúvio, existe alguém mais narciso do que eu, eu, eu? Eu sou a fábula mais simples. Que pode haver de mais simples que eu me contemplando no espelho desta fonte? Fora e além deste espelho, vagam Medusas na noite escura em busca de olhares, centauros combatem as amazonas, a nau dos argonautas navega em busca do tosão de ouro, os deuses se dividem em volta de Troia, Teseu peleja no interior do labirinto. Aqui, nesta água, tudo é paz, tudo é simples, tudo é claro, narciso mais narciso igual a narciso, elementar, minha cara Eco.

Quero a fábula mais simples, a fábula com a forma do ovo, a fábula com o gosto da água, a fábula com o efeito do vinho, uma fábula pura como a performance do atleta nos Jogos Olímpicos que luta, corre ou salta para, campeão, ganhar apenas uma coroa de louros. Lua na água, alguma lua, lua alguma. Venho de tempos muito mais antigos, dos murais azul-claros dos palácios de Cnossos, nos tempos do rei Minos, as damas de peito de fora, os adolescentes saltando sobre as costas dos touros, os dias doces como o óleo da azeitona. O mar é a única água que não serve para espelho, água alguma guarda reflexos. Esta fonte é a porta do inferno, a entrada do Hades, o Orco. Por aqui, se desce até o fundo, até o fundamento último que justifica todas as fábulas. Um dia, minha alma descerá ao Averno. Na beira do Aqueronte, rio dos infernos, darei um óbolo ao barqueiro Caronte, passarei diante de Cérbero, o cão de três cabeças, beberei a água do esquecimento e em mim morrerão todas as fábulas. Não, não vai ser assim. Irei aos Campos Elísios, as ilhas muito além no oceano do ocidente, onde as maçãs são de ouro e a primavera, eterna.

Lá tudo é paz e delícia, enquanto Titãs, Gigantes e Ciclopes guerreiam contra Zeus, amontoando montanhas, atirando rochedos, todos em luta contra o pai, que os fulmina de raios. O luminoso princípio vai sair vitorioso das forças noturnas do Caos primordial, como Apolo sobre a serpente Python, as maternas forças noturnas, do interior da vagina, os calores subterrâneos, a fecundidade indiscriminada dos abismos femininos, a serpente, o verme, o fedor, o formigamento fértil da terra, água e sol. Um dia, houve Hércules, o herói dório, a irresistível força do macho, Hércules, filho de Zeus. Foi que o Pai dos Deuses ardeu de amores por Alcmene, mulher de Anfitrião, de Tebas. Para gozá-la, Zeus assume a forma do marido e, na ausência deste, a possui, sem que ela saiba, e a fecunda de Hércules, o herói sofredor, o herói mártir, o deus escravo, o meio deus, meio homem, o que lutou contra os monstros, o que teve doze trabalhos, como doze são os signos do zodíaco, Hércules, o homem total, um signo a mais a cada proeza, ele, o que sofreu por todos nós. Antes do mar e da terra e do céu que tudo cobre, um só era o rosto da natureza no mundo, aquilo que chamamos Caos, massa rude e indigesta, apenas peso inerte, desconjuntada discórdia das sementes das coisas. Terra, mar e ar viviam confundidos na mesma indeterminação. Zeus pôs ordem no mundo, Hércules pôs ordem na vida. Ao matar o Leão de Nemeia, adquire o signo de Leão. Tira-lhe a pele, e passa a usá-la como manto. Ao dominar o touro de Creta, assimila o signo de Touro. Ao roubar as maçãs do Jardim das Hespérides, astuto, ganha o signo de Gêmeos. A Hidra de Lerna. O cinto da rainha das Amazonas. Os pássaros do lago Estínfale. Escorpião. Os jumentos de Diomedes. Câncer. Áries. Os bois de Gorionte. Virgem. Libra. Cérbero. Sagitário. O javali de Erimanto. Aquário. Peixes. O homem total, dodecaedro. Coberto de dores, o herói se queima numa pira, no alto do monte. Perdoai-os, eles não sabem o que fazem. Em tuas mãos, meu pai, entrego meu espírito. Zeus transformou em pedra a ninfa indiferente a seu fálus ereto. Essa pedra, Apolo transformou num pedaço de pão, que Hermes transformou em uma gaivota. Baco a transformou em planta. Galhos dessa árvore ainda se oferece, em Corinto, na festa das Panateneias. Só Zeus pode transformar em estrela. Hermafrodito, o homem-mulher, o neutro, o ambíguo filho de Hermes e Afrodite, estrelas boiando no espelho das águas. A Medusa transformava em pedra todos os que olhavam para ela, *feliz enquanto não se visse*, Zeus, irritado, já que a terra se despovoava de homens num deserto mal-assombrado de estátuas, transformou-a em pedra. A estátua da Medusa ainda pode ser vista na entrada do templo de Netuno, em Selinunte, no lado esquerdo de quem vem do mar. Perseu, Teseu, Hércules, qual herói não treme diante da Medusa, quem quer ser apenas uma pedra? Prometeu, o Titã no Cáucaso, o que amou os homens como Hércules? Da Ásia, vêm da Ásia todos os horrores e prodígios maiores. Na Frígia, reinava Midas, o mais rico dos reis que jamais houve, filho de Górdio, que um nó tornou célebre. Górdio foi aquele que amarrou um nó tão complexo que ninguém o podia desatar. Quem o fizesse, disse um oráculo, talvez Tirésias, seria senhor da Ásia. O nó esteve séculos num templo da Frígia à exposição dos fiéis que adoravam aquele labirinto de linhas.

Um dia, um herói viria e o cortaria com a espada, idade de ouro, idade de ferro. Tanta sede Midas tinha de ouro que pediu e obteve o dom de transformar em ouro tudo que tocasse. Móveis, ouro. Colunas, ouro. Árvores, ouro. Mas, ao jantar, a carne virou ouro. Ao beijar a filha, a menina virou uma estátua do metal cor do sol. E Momo ri, Momo sempre ri nessas horas. Tudo em tudo se transforma, na água, sangue, vinho e tons de ouro. Midas implora ao deus que o livre da maldição de transformar tudo em ouro, Medusa, tudo em pedra, tudo em morte. Tudo que Narciso vê em Narciso se transforma, forjas e bigornas de Hefaístos, o deus coxo, o ferreiro sem igual, horrendo marido de Afrodite, beleza que o deus da guerra saboreia como um gole de mel, Afrodite entre os braços e pernas peludas de Ares, guerra e amor num só abraço. Na água da fonte, tudo isso, e mais, muito mais. Ares e Afrodite apanhados na rede de Hefaístos, duas moscas trepando numa teia de aranha. E Momo ri. Metamorfoses são coisas muito engraçadas. Aracne quis competir com a deusa Atena na arte do bordado, vence a deusa e é transformada em aranha, toda aranha, toda teia, é lembrança do confronto entre a deusa e a bordadeira. Todo objeto de ouro pode ter sido um objeto comum transformado em ouro pelo toque de Midas. Toda estátua pode ser apenas alguém que passava e cruzou com a Medusa. A brisa da tarde arrepia a pele da fonte, ao longe, a voz da ninfa geme como a pomba, Narciso, Narciso.

Que é um eco senão a transformação de uma voz em pedra, no eternamente idêntico a si mesmo, como fazem as letras do alfabeto, inventadas por aquele Cadmo, filho de Agenor, rei da Fenícia, e da rainha Telefasse? Cadmo, o protegido de Palas Atena, o herói que vem do Oriente para encontrar a irmã, Europa, raptada por Zeus sob a forma de um touro e matar o dragão? Inspiração da deusa, arranca os dentes do dragão e os semeia. Dos dentes, brotam guerreiros furiosos que atacam o herói. Cadmo consegue que se destruam entre si. Letras do alfabeto, dentes do dragão, vindas da Ásia, o aleph, o beit, o gama, delta, zaleth, sementes, poeiras de sons, átomos soltos, épsilon, dzeta, yod, ômega. Que diriam os Sete Sábios dos Doze Trabalhos de Hércules? Cada um tem significado preciso, como a cabeça da Medusa no escuro da deusa Atena. *Omnia mecum porto*, tudo o que é meu carrego comigo. Ninguém vê meu rosto e continua vivo, diz o Senhor, diz a Medusa. Por que nos moldou do barro o Titã Prometeu? Por que roubou para nós o fogo de Zeus? Ontem, estava tentando interpretar a guerra de Troia, o significado de Ulisses, de Agamenon, o rapto de Helena, a ira de Aquiles, a loucura de Ajax, o cavalo de madeira, que coisa querem dizer essas histórias, nós górdios do lembrado e do esquecido? Aterra pensar que não são histórias, não são portadoras de um sentido recôndito. Só o mais fantástico jamais aconteceu. Tudo aconteceu. Tudo aquilo aconteceu. Pelos cem olhos de Argos tudo aquilo. Zeus quis a filha de Ínaco, rei e rio, Io, sacerdotisa de Hera, Io a transformada em novilha, guardada por Argos de cem olhos, cinquenta abertos, enquanto os outros cinquenta dormiam. Quem para fazê-los todos fechar senão o deus astuto, Hermes, senhor das estratégias e falcatruas? Argos, cem olhos, O, Argos, cem olhos, O, o, o, Argos, O, O, O, olhos. Que significam fábulas, além do prazer de fabular? Amor é aquilo que subsiste mesmo depois de você dizer não te amo mais. Num sonho, sonhei viver tudo em espelho. Se espelho existe, ser não existe. Esta fonte é uma fossa, esgoto, lixo, cloaca de mitos. Mitos mortos fedem, o cheiro dos reis mortos, deuses mortos, rios estrangulados por Hércules. Este mito está morto e sobre este mito morto construirei o novo mito. Deia, ideia. Erra uma vez. Durar, o maior dos milagres.

O Pai é arbitrário. Todas as mudanças são arbitrárias. Não há lógica que reja a transformação de Io em novilha, desta superfície de água nas aparências do meu rosto, por onde passa a nau dos Argonautas em direção à Cólquida, em busca da pele de um carneiro toda feita de fios de ouro. Transforma-se o amador na coisa amada, amar é ficar fora de si, por um tempo, e, depois, voltar, outro. Se eu pudesse escolher ser outra coisa que não Narciso, em que me transformaria? Narciso, Narciso, Narciso. Feliz amor o de Pigmalião por sua estátua Galateia. Afrodite, comovida, deu vida a Galateia, a mulher que incendiou de amores seu próprio criador, Prometeu amou tanto a humanidade que criou que, por roubar-lhe o fogo do céu, penou encadeado no Cáucaso, onde o abutre lhe bica o fígado, num tormento sem fim. Tudo isso nesta fonte, e mais. Amar é sempre mais. Quem os deuses querem enlouquecer, jogam-lhe um espelho na frente da cara, desejo de Pigmaleão congelado em mármore. A ternura de Afrodite deu vida à estátua, a Medusa a devolveu ao estado de mármore. Zeus, penalizado do escultor, transformou-o em nuvem de chuva. Todo ano, no dia da festa de Afrodite Calipígia, a de belas nádegas, uma nuvem passa sobre a estátua de Galateia e a lava de chuva. Letras de Cadmo, dentes de Dragão, sementes de guerreiros, a letra é a morte da memória, olhar de Medusa no havido, havendo e por haver. Como é que se chamam aqueles que amam a dor, buscam a angústia e sempre dirigem o coração para a infelicidade e a desgraça? Você estar errado pode ser o certo? Certo, errado, quem determina? O errôneo pode ser a metamorfose, a vontade dos deuses, que poderes tem nossa vontade, que pode quem apenas quer ficar em sua forma ou seu estado? Estava escrito, alguém escreveu, alguém mudou a frase, bendito seja seu santo nome. Águas de sangue, águas de vinho, por Dionísio!, por que não bebo toda esta fonte num gole só? Ave, Pandora, mãe dos mortais, abre tua caixa-buceta, e deixa que todos os males se exalem, só fique no fundo a esperança, calcanhar de Aquiles onde dói ser semideus. Esta fonte é um esgoto de mitos, merda feita de sangue, sangue feito de porra, donde vem tanta força, formas de formas se transformando em novas formas?

Teia de Atena, teia de Aracne, teia de Penélope, fio de Ariadne, as Parcas tecem destinos e fados, o fio da meada, histórias a fio. Para ser livre, tem que ser forte. O mundo não suporia o esplendor de uma coisa em si. A que fim serve uma fábula? O que é, o que é, que não serve para comer, não serve para guerrear, não serve para nada e a gente não pode passar sem ela? Essa história está mal contada. Ninguém inventou a luz. Ninguém criou a matéria. Pedras e águas são eternas. No princípio, era o Caos. Até que um deus maior do que os deuses inventou uma fábula. Foi essa história que deu ordem e sentido aos elementos sem destino. Uma história, sempre uma história, tudo começa com uma história, tudo termina em fábula, milagre, acaso, evento de probabilidade nula. Até hoje os pastores de Creta sabem apontar o lugar onde Zeus foi sepultado. Até hoje se sabe em que gruta das montanhas ele nasceu. Quem maior que os deuses? Quem senão o destino que, um dia, disse que os deuses dariam metamorfoses e caberiam dentro de fábulas? A fábula é o destino, fábulas são maiores que os deuses. A vida de Zeus cabe dentro de uma fábula, casca de noz boiando nas águas de Narciso, o velho tanque, o sapo salta, o som da água, eco, eco, Eco. Fábulas não são parábolas, nenhum sentido oculto, toda fábula é feita de luz. Moral da história, histórias são amorais. Na geração de fábulas, os homens cifraram o desejo infinito de uma vida sem fim. O amor é amoral. Eu me amo, não posso viver sem mim. Em pedra? Em estrela? Em flor? Façam suas escolhas. Em que vou me transformar, no final? Quem acertar, ganha o direito de olhar bem nos olhos da Medusa. Não é uma beleza? Quem não gostaria de ser estátua de si mesmo? Metamorfose, quando é demais, cansa. Quem me dera uma máscara para repousar meu rosto de todo esse vão mudar. Não se pense que vou ficar assim a vida toda. Um dia, eu mudo, vão ver. No carnaval de transformações, passa a sombra da Medusa, dor sem fim de virar pedra. Sempre virar, sempre mudar, nunca se sustentar em seu próprio ser. Esta fonte é uma sopa de mentiras, um abismo de ilusões. O lugar de origem dos seres sem substância, feitos apenas de vagas impressões, enredos inverossímeis e esperanças inúteis. Tudo são deuses, o medo, o acaso, a esperança, tudo filhos do destino. Esta fonte funda dá para o inferno, vai dar no reino de Hades. Mergulhasse aqui, a terra das sombras, dos sonhos loucos, a trava do medo. No fundo, lá no último íntimo fundo desta fonte, Hades, o fim. Ouço o raio, luz na água da fonte. Geia, Geia, Geia, que foi feito dela? A mim, Gigantes, Ciclopes e Titãs, grandes filhos da Mãe. Melhor falar com seu medo que matar pombas a Afrodite e cem touros brancos a Zeus Olímpico. A fome também é um deus, irmão da sede. Mas desta água não beberei. Eu quero minha Mãe Geia, Gaia, Dêmeter, Liríope, minhas líquidas mães subterrâneas. Nesta fonte, vejo o rosto dela. Como é que se chama a moeda que se põe na boca do morto para ele pagar a passagem na barca de Caronte?

Naulo? Saulo? Paulo? Pague, e passe por Cérbero. Beba a água do Estige, o rio do esquecimento, lotofagos, amnésia, sete anos de Ulisses nos braços de Circe. Memória, também um deus? Nem me lembro mais. Lembro de um rio de água limpa, água rápida, muitas águas rápidas, nunca se bebe de novo no mesmo rio. Rios passam, não passa este meu rosto. Esta carne se vai, o reflexo demora mais um pouco, esquecer é um dom dos deuses. Esta fonte fosse vinho, pai Dionísio, lembrar é insuportável. A dor é um deus, dor ninguém esquece. Narceu, filho de Dionísio, foi o primeiro a construir um templo a Palas Atena, o filho da loucura e o templo à sabedoria. Nepente, a água desta fonte, bebida do esquecimento. Lembrar passa. Só esquecer é eterno. Sobreviver à minha plenitude, não quero. Um dia, eu vi um macaco. E ele parecia saber tudo. Eu ainda não sabia. Uma deusa? Uma dança? Absurdo. Deusas gregas não dançam. Armada, Palas Atena enfia a lança no peito do gigante Enceladus. A nova lógica corta a garganta da velha, bendito e maldito seu desconhecido nome. Que espelho poderia conter o sol? Mito, rito, minto mundos, enquanto vomito três mil deuses por segundo, a fonte é uma poça de vômito e sangue, desaparecendo meu rosto sem igual. Que oráculos leio neste espelho opaco? Vamos encarar os fatos de frente. Que são os acordes da lira de Orfeu comparados com um rosto que se mira e remira? A luz está péssima, mal consigo ver no fundo dos meus olhos se moverem formas, sombras dos mortos passando na neblina. Já vejo estrelas, nova noite chove luzes nesta minha grande lágrima, Órion, Plêiades, Híades, constelações, sinastrias. Mas a lei, a Nêmesis, sua chama as pedras e todo o corpo de volta para o chão me devolve a meu rosto, máscara boiando na treva. Tenho fome? Tenho sede? Tenho medo. Meu pavor me abastece e me basta. Meu pavor, minha memória. Um palácio em Creta, Cnossos, altas damas com longos vestidos, os seios de fora e serpentes vivas nas mãos. Nas paredes, afrescos em amarelo-ouro e ovo contra azul profundo, alguém na flor da idade colhe uma flor quase transparente de tão branca, fina fronteira entre o azul e o branco, um narciso. O rei Minos preside as núpcias entre o passado e o sonho, entre os corpos e as imagens. Musa, toda Musa, filhas de Mnemosine, a memória, lembrar, lembrar passa, só o esquecimento é eterno. Musa, musa, musa, musa que não mais se usa, ninguém virando pedra nos cabelos da Medusa. Bóreas, Zéfiro, os ventos passam e nada deixam escrito na superfície das águas. No fundo da água, no fundo da ânfora, no fundo do cálice, a história toda, alguém, filho de um rio e de uma fonte, ninguém, e uma ninfa chamando, eco, eco, eco, mínimo espetáculo. O nome de uma cidade pode ser um deus? Zeus me livre desta máscara que me ancora. E a certeza? Qual nume preside a certeza? Reis se transformam em deuses ou deuses se disfarçam em reis? Minas, meu rei, faz-me justiça, liberta-me deste rosto-minotauro. Eco, eco, Medeia, Circe, as mulheres, todas malfeitoras. Minha irmã Narcisa, alma gêmea, outro lado de mim. Que nume monstruoso me condenou a ser apenas uma metade? A metade de uma lenda, outra metade partida nos labirintos da memória? Posso me ver, Narciso, a flor translúcida de Creta, brilhando entre os nenúfares do palácio de Minos, em Cnossos, refletida no tanque, para sempre. Assim pudesse morrer, do rude golpe de me transformar em mim mesmo. A fábula no fundo da ânfora, a história em volta do vaso, as formas no coração das águas, o desenho no fundo da taça, depois de todo o vinho bebido. Tudo está no fundo. O que é verdadeiro em cima é verdadeiro embaixo. Isso sei de fonte segura, Hermes, três vezes grande, Trimegisto. No fundo, o que resta, resquícios de Narciso, vestígios do naufrágio, cacos de rosto, fiapo de frases, poeira cósmica. Sinto cheiro de buceta, meio rosa, meio peixe, que deus tira o outro do lugar? Quantas as fontes, tantas as respostas. Em Esparta, venera-se uma Afrodite armada, toda deusa do amor é deusa da guerra. Uma dose de nepente, a poção que tira a fadiga e alivia as lembranças, dá que eu afogue minhas mágoas e esqueça todas as mulheres, inclusive eu mesmo, inclusive eu mesmo, inclusive eu mesmo. Ainda não, pai Trimegisto, ainda é cedo para voltar para a terra dos mortos. Que lenda é aquela, lá no fundo? Pelos escudos, são guerreiros. Pela coruja, é Atena. Pelo tridente, Poseidon. Dionisos, pelas folhas de parreira. Não compreendo.

Minha memória anda fraca. Mnemosine, mãe das Musas, não me deixe, não permita que meu espírito morra de amnésia. Ninguém vê meu rosto e continua vivo, por que a Moira não me deu Medusa como mãe? Algo de mágico nesta força que une a imagem e a origem, a figura e o figurado, a letra e o seu sentido. Eu, essa ilha, dói ser só isso. Quisera ser miríades, Narcisos numerosos como aqueus diante dos muros de Troia. Eu, Ajax. Eu, Agamemnon. Eu, Odisseus. Eu, Heitor. Eu? Eu, Proteu. Proteu? Não há Proteu. Proteus. A palavra plural. Luz da manhã do Egeu nestas águas cor de meus olhos, a luz cegante. Heróis encararam monstros, que monstro enfrento? Não sou por acaso filho de um rio e de uma ninfa das águas? O mais horrendo dos monstros, filho do susto e do desassossego, a alma atravessada por uma sombra, eis com que me defronto. A Moira escreve direito letras fenícias por tortas veredas do Peloponeso. Carniça de Narciso. Sabe o que eu pensei? Sei. Vai tentar o que não consigo? Sigo. Garanto e não nego? Eco. Eco, eco e ego. Como todo eco, nem todo ego é cego. Fábulas ecoam fábulas, *per omnia saecula saeculorum*. Água na água, eco no eco, por todos os séculos dos séculos dos séculos dos séculos dos séculos dos super-hiper séculos dos supra tempos de além-milênios...

A luz está fraca, as ondas destas águas parecem cansadas, como a mulher depois do orgasmo. Sinto diminuir a força de tudo, as pedras sobem lentamente como plumas, já sem força para se agarrar no chão. Cai a noite das noites, a noite de dentro da noite de dentro da noite, a noite que só se transforma em si mesma. Nada mais pode mudar isso, a não ser isso. Morreu um deus, morrem todos, a teia de Aracne, a tela de Penélope é inconsútil. Sinto os braços fracos como raízes de uma planta d'água, sinto que a luz fraca me atravessa. Ouço ao longe, muito longe, a voz do eco que me chama, mas já não tenho um nome para ser chamado. Que deuses me tomam como matéria-prima? Em que fábula me transformo?

(Narciso morre de sede, ao beber sua imagem).

Março 87

```
materesmofo
temaserfomo
termosfameo
tremesfooma
metrofasemo
mortemesafo
amorfotemes
emarometesf
eramosfetem
fetomormesa
mesamorfeto
efatormesom
maefortosem
saotemorfem
termosefoma
faseortomem
motormefase
matermofeso
metaformose
```

Detalhe de um vaso grego
do século IV a.C.

A deusa Palas Atena, nascida da cabeça de Zeus, encarnação da sabedoria e do pensamento racional, mata o gigante Enceladus.

Os gigantes, filhos de Geia, representavam as potências obscuras do mundo subterrâneo, materno, intrauterino.

A vitória de Zeus sobre os gigantes foi a vitória do pensamento lógico, masculino, sobre o tenebroso mundo das Mães.

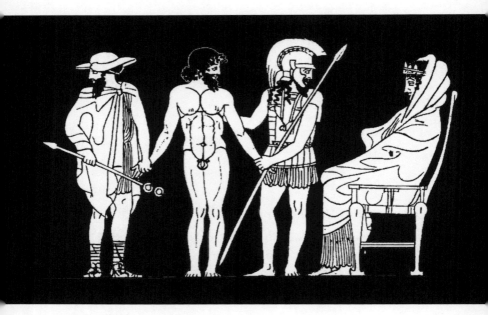
Detalhe de um vaso grego
do século IV a.C.

O castigo de Ixíon. Amigo de Zeus, Ixíon, rei dos Lápitas foi convidado pelo Pai dos Deuses a visitar o Olimpo. Lá, tentou violentar Hera, mulher de Zeus. Nesse momento, Zeus metamorfoseou a mulher numa nuvem com sua forma. Em punição pelo seu crime, Ixíon foi condenado nos infernos a ser amarrado a uma roda que gira sem cessar.

Não é difícil ver no suplício da roda que gira uma metáfora mítica da tontura do desejo. Ixíon será punido na medida exata do seu crime. A figura feminina é Hera. Nu, Ixíon é conduzido por Ares, deus da guerra, e Hermes, o deus mensageiro, que conduz as almas ao inferno (Hermes Psicopompos).

Detalhe de um vaso grego
do século IV a.C.

Dos doze deuses olímpicos, Héfaistos (o Vulcano, dos romanos) o ferreiro, era o único deus trabalhador, artesão e operário.

Essa sua função é recente. Originalmente, Héfaistos era uma divindade do fogo subterrâneo, que se manifestava nos vulcões.

Na figura de Héfaistos ferreiro, cruzam-se duas divindades, uma asiática, a do fogo subterrâneo, e uma divindade do ferro e da metalurgia do ferro, trazida do Norte, pelos dórios invasores, que destruiram a civilização micênica, dos aqueus.

Manco, Héfaistos é o mais feio dos deuses.

Detalhe de uma ânfora grega
do século IV a.C.

Bóreas, o vento do Norte, violento, arrebata a ninfa Orítia.

As outras três divindades dos ventos dos pontos cardeais eram Zéfiro, Euros e Notos.

Fundo de taça ateniense do século V a.C.

Anfitrite, a deusa do mar, dá a Teseu uma coroa de pedras preciosas.

Teseu, o matador do minotauro, é o herói de Atenas, por excelência. Como Hércules, era um grande matador de monstros (= benfeitor da humanidade) e suas proezas e destino guardam muitas semelhanças com a vida do herói tebano. No fundo, talvez fossem o mesmo personagem com nomes diferentes para lugares diferentes.

Aqui, a doação da coroa significa, miticamente, a entrega do domínio dos mares a Atenas, a grande talassocracia do século V a.C.

Ao fundo, Palas Atena.

Detalhe de uma urna
do século IV a.C.

As três deusas, Atena, Hera, mulher de Zeus, e Afrodite, disputavam sobre qual era a mais bonita. Para dirimir a questão, foi escolhido como juiz o príncipe Páris, filho de Príamo, rei de Troia. Cada uma das deusas prometeu um presente a Páris se fosse ela a escolhida. Afrodite prometeu-lhe o amor da mulher mais linda do mundo. Páris concedeu o prêmio a Afrodite que lhe concedeu o amor de Helena, mulher do rei Agamenon, dos aqueus, a mulher mais linda de todas. Páris vai até a corte de Agamenon, seduz sua mulher e a leva consigo para Troia. Sob o comando de Agamenon, os gregos se unem e partem para a Ásia: tem início a guerra de Troia, dez anos de luta provocada pela beleza de uma mulher (na figura, da esquerda para a direita, Páris, com a lira, o deus Hermes, a deusa Atena, Hera e Afrodite, acompanhada de seu filho Eros).

Vaso do século V a.C.

Em sua longa viagem de volta à sua ilha, depois da guerra de Troia, Ulisses atravessa inúmeros perigos. Aqui, ele e seus companheiros passam pela ilha das Sereias. A sereia grega é um híbrido de mulher e de ave, não de mulher e de peixe.

Com seu canto irresistível, as sereias atraíam as tripulações dos navios que passavam ao largo da sua ilha, fazendo com que os navios se batessem nos rochedos e naufragassem.

Ulisses mandou seus companheiros tapar os ouvidos com cera de abelha. Quanto a ele, pediu que o amarrassem firme no mastro central do navio e assim foi o único homem que ouviu o canto das sereias e sobreviveu.

Fundo de um vaso ático, século V a.C.

Hades, deus dos infernos, e sua mulher, Perséfone. Muito temidos pelos gregos, não tinha templos nem liturgia. Era, porém, venerado como Pluto, o deus das riquezas.

A ligação entre "inferno" e "riquezas" se processa no fato de Hades ser um deus do mundo subterrâneo, onde jazem os metais preciosos.

O mito de Hades tem parentesco assim com o mito germânico dos Nibelungen, anões ferreiros que vivem no mundo subterrâneo, velando por incalculáveis tesouros.

Ânfora, século V a.C.

Facínoras, os dois Cêrcopes corriam mundo praticando toda sorte de crimes e barbaridades, até que Hércules conseguiu capturá-los, como aparece nesta ânfora ateniense do século IV a.C. O herói está envolto na pele invulnerável do leão de Nemeia, que ele matou.

Hércules é um herói (semideus) benfazejo e benfeitor da humanidade, livrando o mundo de monstros, criminosos e animais ferozes.

Era a entidade mais invocada por gregos e romanos, em momentos difíceis ou de perigo.

Vaso grego do século IV a.C.

Sob a proteção de Atena, os Argonautas se reúnem para a grande viagem em busca do velocino de ouro, uma pele de carneiro com pelos de ouro que pendia de uma árvore na Cólquida, país muito distante, às margens do mar Negro. O chefe da expedição, Jasão, fez construir uma nave, a Argos, movida a cinquenta remos, onde carregou os mais poderosos heróis gregos, Hércules, Teseu, Orfeu, os Dióscuros e outros da mesma envergadura.

A expedição dos Argonautas era a fábula de viagem mais célebre do mundo grego, só perdendo em popularidade para a odisseia de Ulisses.

Pintura no fundo de um vaso
do século IV a.C.

Nos amores entre Ares, deus da guerra, e Afrodite, a deusa da beleza e da paixão, os gregos intuíram e significaram a íntima união entre os princípios da geração e da destruição. Dois mil anos depois, Freud os chamaria de "Eros" e "Tânatos".

Detalhe de vaso, século V a.C.

Bacante, em delírio. As bacantes ou Mênades eram as devotas de Dionisos, deus do vinho, da embriaguez e do delírio sagrado, que cultuavam de maneira turbulenta, em cerimônias de desvario, quando ficavam "possuídas" pelo deus.

Interior de um vaso ateniense.

Um lápita matando um centauro.

Híbridos de homem e cavalo, os centauros eram, evidentemente, uma metáfora fabular dos povos de cavaleiros que habitavam o Norte da Grécia, trácios, ilírios, epirotas, povos bárbaros, a quem os gregos atribuíam hábitos grosseiros e vida rudimentar.

Os lápitas eram seus vizinhos.

Convidados para as festas do casamento de Pirítio, rei dos lápitas, os centauros se embriagaram e começaram uma desordem que degenerou em combate e guerra aberta, quando foram derrotados e tiveram que imigrar.

Hércules foi um implacável matador de centauros.

Detalhe de ânfora do século V a.C.

Hércules (em grego, Héracles) mata o leão de Nemeia, um de seus doze célebres trabalhos.

Filho de Zeus e de uma mortal, Hércules era, para os antigos, uma entidade benéfica, restaurador da justiça, pondo sua força prodigiosa a serviço dos homens.

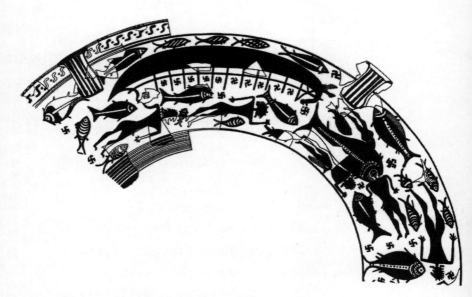

Naufrágio, cena de um vaso do século VII a.C.

"O olhar de Narciso cai na água como Ícaro das alturas, e Ícaro cai na água, um ruído de púrpura que se rasga, Poseidon!, e afunda num coral de sereias."

Segunda parte

Quase ser é melhor que ser
(a pluralidade dos jogos possíveis)

I

Mito (fábula), conceito e número: estes os três instrumentos com que a mente humana procura colocar ordem no caos desconexo dos fenômenos.

Os mitos são frutos da imaginação (são concretos).

Os conceitos e os números nascem da abstração e da capacidade combinatória da mente humana (que tem uma tendência natural para jogos, variações no interior de estruturas fixas).

Os mitos são obras de arte, como os sonhos, modelos de todas as obras de arte.

Como os sonhos, os mitos trabalham por fusões (condensações) e por superposições. O pai que é um leão furioso. A mãe com cabeça de vaca. A casa que é um túmulo. Os cabelos que viram serpentes. Ícaro voando.

É a presença do sonho e da lógica do sonho, na vigília. É um sonho acordado.

"Um pensamento puro, uma imagem pura e um sentimento puro são os que não são suscitados por objetos correspondentes. A imaginação é uma força extramecânica e a magia é a ciência sintética da imaginação", disse o poeta alemão Novalis (1772-1801).

A magia é a potência da imaginação. Cria formas e imagens não existentes. Estes seres podem ser centauros, hidras, sereias ou esfinges. Mas também podem ser artefatos e máquinas, cujo modelo não se encontra na realidade. A roda, que não existe na natureza, é tão fantástica quanto o lobisomem.

O fenômeno da linguagem mais afim ao mito e ao sonho é a metáfora, a súbita intuição da semelhança entre os dessemelhantes (as asas da fantasia, a noite da alma, a voz do sangue, a vida é um teatro, a morte é o sono eterno). A metáfora é a forma mágica do princípio de identidade.

Mito, fábula, imaginação: quem não tem imaginação, não tem religião.

A inesgotavelmente luxuriante opulência do imaginário grego antigo é um prodígio (mais rico, só o Catolicismo).

Não há, nem de longe, paralelo em outras culturas de proliferação tão próspera de lendas, fábulas e mitos, ficcional e poeticamente acabados.

Mal conseguimos, nós, descendentes deles, distinguir entre a história real e a mitológica dos helenos. Aquiles, filho de Tétis, é personagem histórico ou figura da fábula? Ulisses, realmente, existiu?

O Olimpo, morada dos doze deuses, é uma montanha real da Grécia.

Talvez só os egípcios tenham produzido e desenvolvido imaginário tão fecundo em módulos poético-narrativos, de tamanha plasticidade.

Mas o imaginário egípcio não é parte da nossa civilização.

Quem sabe o imaginário hindu seja tão (ou mais) rico. Mas a Índia é invenção de navegadores ingleses do século XVIII e XIX.

Que sabemos do imaginário asteca, inca ou babilônico?

O que interessa é que o imaginário grego, isso que chamamos, grosseiramente, de "mitologia grega", é porção integrante, substantiva, da civilização ocidental, dos romanos até hoje.

O imaginário greco-latino impregnou de tal forma a vida do ocidente que nem notamos quando recorremos a ele. "Jovial" quer dizer "de Jove", isto é, de Júpiter. "Veneno", de Vênus, é, na origem, uma poção mágica amorosa. Da mesma origem, "venerar" e "venéreo". "Hermético" é coisa do deus Hermes, o deus sagaz, senhor das interpretações. Nossa linguagem corrente está coalhada de alusões ao mundo do mito grego.

A cultura "culta" do Ocidente inclui o conhecimento desse mundo.

Anfitrião é quem recebe visitas, como o tebano Anfitrião recebeu Zeus, sem saber. O esforço é hercúleo, ciclópico, titânico. Os céus estão povoados de entidades e nomes greco-latinos. Nosso modo de ler e compor constelações é helênico: foram olhos da Grécia que vislumbraram no céu estrelado uma constelação de Libra, de Aquário, de Gêmeos (a configuração de uma constelação é um arbítrio da imaginação). Os planetas têm nomes de deuses. O sistema onomástico da astronomia ocidental preserva intacto o politeísmo grego. O próprio programa norte-americano de viagens espaciais manteve-se fiel a esse espírito: Projeto Apolo, foguete Júpiter, Mercúrio.

Os novos corpos celestes que vão sendo descobertos são batizados com nomes do mito grego, Foibos, Deinos, Anfitrite, Prosérpina.

A *galáxia* quer dizer de *leite*, *láctea*, como a Via Láctea, conforme o lendário helênico, o leite que espirrou dos peitos de Hera, rastro de leite divino espirrando no meio do céu.

Os sagitarianos, filhos de Júpiter, são *joviais*. Frutos do mar são *afrodisíacos*. O carnaval é uma festa *dionisíaca*. A poesia de vanguarda é *hermética*. Muitas são as artes *marciais*. Erótico quer dizer "do deus Eros". Momo, rei do carnaval, era o bobo da corte de Zeus. E que seria de um poeta sem sua *musa inspiradora*? Afinal, as grandes performances são as *olímpicas*.

A "zoologia fantástica" dos gregos faz parte do nosso repertório de impossíveis-imagináveis, desses signos puramente culturais, sem referência exterior, como os centauros, as sereias, os faunos, a hidra, a esfinge, o minotauro, a fênix, a quimera, o ciclope, o hipogrifo, Pégaso...

Assim como nunca existiu uma "Grécia", politicamente, um arquipélago de cidades-estado independentes e rivais, não existia, para um grego, uma "mitologia grega". Cada região, cada cidade, tinha seus mitos, suas fábulas, seus heróis, seus deuses tutelares próprios, às vezes desconhecidos em outros lugares. Algo mais ou menos como o catolicismo tradicional, com suas miríades de Nossas Senhoras (das Mercês, das Dores, de Guadalupe, de Fátima...), de incontáveis Jesus (Bom Jesus, Menino Jesus, Coração de Jesus...), de santos e santas, cada um com sua configuração regional, festas específicas, rituais próprios de origem eclesiástica ou popular.

Teseu e a fábula do minotauro são especificamente da Ática e de Atenas. Sísifo é um herói de Corinto. Hércules e Édipo, de Tebas. Os argonautas, da Tessália.

Isso que chamamos, em bloco, de "mitologia grega" é resultado de um trabalho muito posterior de coleta enciclopédica, quando os gregos já não acreditam mais numa "mitologia grega", em Alexandria.

Literariamente, essa imensa máquina imaginária atravessou viva a Idade Média, reacendeu no Renascimento italiano e sobreviveu, impávida, até o romantismo europeu do século XIX, quando começa seu processo de esquecimento. De Homero a Goethe, passando por Dante e Shakespeare, numa linha ininterrupta, durante mais de dois mil anos, o imaginário grego sempre foi o primeiro alimento do poeta ocidental culto, seu *soft-ware* de fantástico, referencial de imagens, delírio compartilhado.

A magia desse imaginário não se fez sentir apenas sobre poetas.

Seu herói favorito, confessou Marx à filha, era o titã Prometeu, criador dos homens, ladrão do fogo do céu, gigante que ousou desafiar a ira do Pai dos Deuses e assumiu o martírio por amor à humanidade (alguma coisa de Jesus em Prometeu, o Titã crucificado no Cáucaso, donde foi resgatado por Hércules, outro amigo da humanidade).

A fábula mitológica tem a força e a fixidez de um ideograma chinês. Concentra em traços a figura de um sentido contra o fundo do sem sentido.

Nietzsche flagrou na alma grega as duas tendências "apolínea" e "dionisíaca", que Spengler, na *Decadência do Ocidente*, multiplicou em três almas, a apolínea (greco-latina), a mágica (cristã-islâmica) e a fáustica (germânico-europeia)...

Quando Freud precisou de um nome para a atração filho-mãe, encontrou o mito de Édipo pronto.

Impulso prometeico. Alma apolínea. Complexo de Édipo. Narcisismo.

Os gregos parecem ter imaginado todo o imaginável.

II

Evidente que alguém poderia desconfiar (eu desconfio) que essa "riqueza" deve-se apenas à abundância da documentação.

Quem pode nos garantir que os astecas, os maias, os incas, não viveriam imersos num imaginário tão ou mais opulento do que os gregos? Só que esse imaginário não foi registrado, não sobreviveu ao passar das eras.

Os africanos da área iorubá, donde saiu nosso candomblé, com seus orixás, viveram (e vivem) um imaginário riquíssimo.

O fundo do imaginário mítico dos gregos é indo-europeu, os gregos, um dos ramos da frondosa família indo-europeia, que inclui hindus, persas, hititas, celtas, germanos, eslavos e italiotas, entre estes (oscos, úmbrios), os latinos. Todos esses povos, um dia, foram um só povo. Onde, ninguém tem certeza. Na Ásia Central? No Norte da Índia? No Sul da Rússia? Tudo o que se sabe é que avançaram para o Ocidente. Para onde veio Europa, montada nas costas de Zeus, disfarçado em touro.

Na família indo-europeia, merece menção a "mitologia" nórdica, germânica, conhecida através das lendas escandinavas, os Eddas, Odin, Thor, Freia, o Crepúsculo dos Deuses.

Menos bem se conhecem outras "mitologias", a eslava, a céltica (que ensinavam os druidas, à sombra dos carvalhos sagrados?).

No século XIX, uma "mitologia comparada", paralela à linguística, chegou a levantar uma mitologia indo-europeia comum, mínima. Um estoque de lendas sagradas, fábulas básicas e entidades fundamentais.

Mesmo assim a riqueza do imaginário grego permanece única.

Foi dela que nasceram a filosofia e a ciência ocidental, os descendentes mais prósperos e longevos da "mitologia".

III

Os primórdios da "filosofia", esse esporte grego, se confundem com as Cosmogonias e Teogonias, das quais a *Teogonia* de Hesíodo é o representante mais célebre (Hesíodo deve ter vivido aí por volta do século VII antes de Cristo). Sua *Teogonia*, literalmente, *A Geração dos Deuses*, é vasto poema sobre a Origem dos Deuses, das Forças que fizeram e regem este mundo, tentativa de elaboração de um fundo coletivo de explicações sobre os Princípios de Todas as Coisas. Hesíodo não inventa. Fabula e organiza os mitos tais como vividos e acreditados por sua comunidade. Concatena-os. Articula-os.

Fixa-os em versos admiráveis.

Sobretudo, escreve-os.

As Cosmoteogonias coincidem com a chegada da escrita fenícia na Grécia.

O *mito* é o saber oral.

Com a chegada da escrita, visual, começa a chegar a crítica, o pensamento reflexivo, o pensar sobre: é *a escrita pensando sobre o oral*. O surgimento do segundo código traz a razão, a re-flexão.

A chegada da escrita acaba com o absoluto do código oral.

As Cosmoteogonias são um momento de passagem entre a era oral e a nova era visual.

Estamos na aurora da "filosofia".

Os pais da filosofia, os Jônios, tentam pensar, às próprias custas, as grandes questões das Cosmoteo--gonias: donde vem Tudo? Qual é a origem da Origem de todas as coisas?

Em Hesíodo, no Princípio, havia o Caos, a Terra, o Tártaro e Eros.

Para o filósofo Tales de Mileto, a água era o princípio de todas as coisas. Anaxímenes. Anaximandro. Heráclito. Empédocles. Anágoras. Leucipo. Demócrito. O ar. O Sem Limites. Os Elementos. O fogo.

Os "fisiólogos" da Escola Jônica responderam, em nota racional, a questões Cosmoteogônicas. Assim, os primórdios da "filosofia" se entrelaçam com o Mito. Leucipo e Demócrito afirmam o "á-tomo", o In-divisível, a partir de uma intuição de Ferécides de Tiro, um fenício, da terra do alfabeto: seria o alfabeto o modelo da ideia de átomo?

O mundo do Mito é o mundo intrauterino da Crença. A Flexão. A genuflexão.

Com a Re-flexão, a filosofia, a crítica, começa o mundo moderno.

A modernidade começa com um *pensar sobre* os Mitos.

Estamos em novo patamar.

Não basta mais crer, receber e aceitar. Os filhos de Prometeu se rebelam.

IV

As *Metamorfoses* do romano Públio Ovídio Nasão (43 a.C.-17), uma das obras mais influentes da literatura ocidental, já são o refazimento (a re-meta-morfose) de idênticas coleções greco-alexandrinas de "casos" de transformação, as "Metamorphoseis", de Didimarcos, as "Aloieses", de Antigono, as "Heteroiúmena", de Nicandro. Estas três palavras são sinônimos.

Nessas e em outras obras do gênero, os gregos tardios de Alexandria recolheram e "artistificaram" lendas de transformação, oriundas de todas as regiões do mundo helênico.

Precursora da obra de Ovídio, uma "Ornitogonia" alexandrina, onde só são recolhidas lendas de transformação em pássaros.

O próprio tema da transformação, a Metamorfose, parece ser um traço obsessivo do imaginário grego.

O que os deuses gregos mais fazem é transformar pessoas em outras coisas: animais (Io em novilha; Aracne em aranha; Cygnus em cisne; Calisto em ursa; Cadmo em serpente), plantas (Dafne em loureiro; Leucothos em incenso; Narciso em flor), pedras (Battus, Níobe) ou constelações.

Os próprios deuses se transformam. Em suas aventuras amorosas com as mortais, Zeus se transmuda em cisne (para seduzir Leda), em touro (para conquistar Europa), em chuva de ouro (para seduzir Danae). Para conquistar Alcmene, mulher de Anfitrião, se transforma na própria imagem do marido, Anfitrião.

Já em Homero aparece a prodigiosa entidade que era Proteu, a divindade que podia assumir *qualquer forma*.

A obsessão grega pelo tema da "metamorfose" (literalmente, "formas através"), em nível mítico, vai se projetar logo depois no plano da atividade filosófica, no confronto entre Heráclito de Éfeso (o pai da dialética) e Parmênides de Eleia (o gênio que, pela primeira vez, intuiu o Ser, o substrato último da realidade, acima e além das metamorfoses, o Puro Existir).

O grande problema da filosofia grega será, sobretudo em Aristóteles, *como é que o Ser muda*. Como é que se passa de um estado estável do Existir para um novo estado, um estado *outro*.

Uma leitura social e política do pensamento grego não terá o menor problema em ver nessa dificuldade a presença de uma visão conservadora de senhores (o Ser, a estabilidade das instituições) diante dos perigos da Mudança (a Revolução, a Metamorfose social).

O escravagismo e o aristocratismo da sociedade grega, em geral, autorizam essa leitura.

Nos quadros fixos da sociedade grega, toda metamorfose é subversiva.

A sociedade grega só se transforma através de golpes violentos vindos de fora: invasão dos persas e guerras médicas, guerra do Peloponeso, a Macedônia, Filipe, Alexandre, os Diádocos, os romanos...

O Ser de Parmênides de Eleia, unidade irredutível de puro existir, é a figura última e mais abstrata da

Pólis, suas instituições, escravagistas e aristocráticas. O Ser é a máscara metafísica da estabilidade de uma ordem sociopolítico-econômica, o sonho nostálgico de uma classe dominante sufocada de angústia pela velocidade das transformações históricas.

A filosofia de Aristóteles está toda voltada para resolver o grande problema do pensamento grego: o do movimento. O problema da mudança e da transformação. Como uma coisa deixa de ser ela para ser *outra coisa*?

Este será o grande problema da ciência ocidental. O saber como, a explicação das mudanças. Há constantes no fluxo das metamorfoses. Descobrir essas constantes é o supremo dever do intelecto humano. Entre-ler meta-morfoses: o Ser de Parmênides (constantes, tendências, estabilidades) no ígneo turbilhão de Heráclito (o fogo, a guerra, a transformação, a mudança).

Essências, metamorfoses: estas as matérias-primas com que trabalha o tão estável e instável espírito humano.

V

Fundamental recuperar o pleno sentido da palavra "mito", vocábulo grego que, entre nós, acabou subsignificando "mentira", "falsidade", "patranha", "enganação".

Não é o sentido original.

"Mito" é palavra fundadora, a fábula matriz, a estrutura primordial, leitura *analógica* do mundo e da vida.

Sobretudo, uma leitura criativa. Ideogrâmica. Uma cocriação.

O mistério da vida se explica com os mistérios das fábulas. As fábulas contêm a chave semântica última dos eventos e efemérides.

Mito, filosofia, ciência. O mito é um dos *explicadores*. O mais antigo, donde os outros saíram. Mas não é uma forma superada.

Um mito não se supera.

A Física de Ptolomeu ou a Química de Lavoisier podem ser superadas.

O Mito de Édipo não pode.

Ele é o que foi, e assim será, para sempre.

Como todo mito, é uma leitura absoluta das essências.

Dezembro de 86

Nova corpora, mutatas formas

6	7	2	1	5	3	4
in	nova	fert	animus	mutatas	dicera	formas

8
corpora

1	6	7	2	5	3	4
animus	in	nova	fert	mutatas	dicere	formas

8
corpora

1	2	6	7	5	3	4
animus	fert	in	nova	mutatas	dicere	formas

8
corpora

1	2	3	6	7	5	4
animus	fert	dicer	in	nova	mutatas	formas

8
corpora

1	2	3	4	5	6	7
animus	fert	dicere	formas	mutatas	in	nova

8
corpora

O espírito leva a dizer das formas mudadas em novos corpos

O primeiro verso desta série é o primeiro das Metamorfoses *de Ovídio. A extrema liberdade posicional das palavras latinas dentro da frase, permitida pelos casos das declinações, já prefigura o tema (permutatório) dos metamorfoses do mito. A liberdade topológica da sintaxe latina é o reflexo linguístico da liberdade com que os seres se metamorfoseiam, sob o poder dos deuses, que nos transformam.*

Entre o adjetivo NOVA (neutro plural) e seu substantivo CORPORA, há cinco palavras.

O sujeito (ANIMUS) e o verbo (FERT) estão com posição invertida, na ordem da frase.

MUTATAS ... FORMAS ...

SOBRE O AUTOR

PAULO LEMINSKI, nasceu em Curitiba, Paraná, em 24 de agosto de 1944 (Virgo). Mestiço de polaco com negro, sempre viveu no Paraná (infância no interior de Santa Catarina).

Tem publicados por esta editora: *Agora é que são elas*, 2011 (romance), *Catatau*, 2010 (prosa experimental), que teve sua primeira edição pelo autor em 1975, Curitiba, e *Ex-estranho*, 1996 (poesia).

Publicou também: *Não Fosse Isso e Era Menos / Não Fosse Tanto e Era Quase e Polonaise* (poemas, 1980, Curitiba, edição do autor). Publicou poemas, com fotos de Jaque Pires, no álbum *Quarenta Cliques*. Curitiba, 1979, Curitiba, ed. Etcetera.

Foi professor de História e Redação em cursos pré-vestibulares, diretor de criação e redator de publicidade. Colaborou para o Folhetim da Folha de S. Paulo e resenhava livros de poesia para a Veja.

Poemas e textos publicados em inúmeros órgãos (Corpo Estranho, Muda, Código, Raposa etc.) de Curitiba, São Paulo, Rio e Bahia.

Teve seus primeiros poemas publicados na revista Invenção, em 1964, então, porta-voz da poesia concreta paulista.

Faixa-preta e professor de judô, viveu em Curitiba com a poeta Alice Ruiz S, com a qual teve duas filhas.

Pela Brasiliense foram publicados *Cruz e Souza* (Encanto Radical), 1983, *Caprichos e Relaxos* (Cantadas Literárias), 1983, *Matsuó Bashô* (Encanto Radical), 1983, e *Jesus a.C.* (Encanto Radical), 1984.

Faleceu em 1989.

**CADASTRO
ILUMI/URAS**

Para receber informações sobre nossos lançamentos e promoções envie e-mail para:

cadastro@iluminuras.com.br

A *Iluminuras* dedica suas publicações à memória de sua sócia Beatriz Costa [1957-2020] e a de seu pai Alcides Jorge Costa [1925-2016].